LES NOPCES

DE BELLONE,

OU

LA CAMPAGNE

DE M. DC. XCIII.

par mr l'abbé de Lubert. aug. d'te par.
d. auth. p. Roberto.

(26.)

LES NOPCES
DE BELLONE,
OU
LA CAMPAGNE

DE M. DC. XCIII.

BELLONE, LA DISCORDE.

BELLONE.

EST-ce un Oracle, est-ce un mensonge,
Ce que je viens de voir en songe ?
Je m'étois endormie à l'ombre d'un Laurier,
Quand un jeune Guerrier,
(Je le crûs tel,) il étoit sous les armes
Plein de charmes ;
Son carquois, son arc, & ses traits
Avoient pour m'engager d'invincibles attraits :
Tout en lui sçût me plaire,
Et quoi-qu'il parût un enfant,
Il avoit l'air de Mars mon frere,

A

Quand il revient d'un Combat triomphant.

Parmi son charmant équipage,

Je voyois flotter au hazar

Un voile auprés de son visage,

Que je pris pour son étendar.

Il m'a semblé qu'une Furie

Avoit armé son bras du tison qu'il portoit,

Et que dans le dessein d'une grande incendie

Une vive flamme en sortoit.

Un trait qu'il m'a poußé m'a fait voir sa puißance,

Je l'ai senti qui me perçoit le cœur,

Et sans que j'aye fait aucune resistance,

Il m'a paru devenir mon vainqueur.

Est-ce un Oracle, est-ce un mensonge,

Ce que je viens de voir en songe?

LA DISCORDE.

Je sçai qu'en vostre Cour

On connoist peu l'Amour;

Mais à cet air que vous venez de peindre

(Vous me l'avez permis, je ne puis vous le feindre)

J'ai remarqué les traits de ce petit Tiran:

Malheur à celles qu'il surprend.

La liberté se perd dans la foi conjugale,

Et l'Hymen n'est pour nous qu'une torche fatale.

Le Ciel apparemment vous destine un époux :

3

Mais en a-t-il qui foit digne de vous ?
Souvent un fonge
N'eft qu'un menfonge ;
Mais quand nous venons à fentir
Qu'il devient le préfage
D'un mariage ,

Il faut lentement confentir :
Car qui trop promptement s'engage
En a bien-toft le repentir.
Souvent un fonge
N'eft qu'un menfonge ;
Mais quand nous venons à fentir,
Que par quelque miracle
C'eft un Oracle ,
Il faut lentement confentir.
Qui long-temps y forme un obftacle ,
En a plus tard le repentir.

MERCURE. BELLONE. LA DISCORDE.

MERCURE.

Bellone auprés de vous , Jupiter, qui m'envoie
M'ordonne de vous annoncer
Ce que parmi les Dieux il vient de prononcer ,
Et qui remplit le Ciel de joie.
Il y va de voftre intereft.

Ce qui me reste est un myſtere
Que je doi taire,
Pendant qu'auprés de vous la Diſcorde paroiſt.

BELLONE.

Comment puis-je vous ſatisfaire ?
Nous ne nous ſeparons jamais.
En me confiant un myſtere
Parmi le grand bruit que je fais,
C'eſt m'ordonner, pour vous complaire,
De bien vivre avecque la Paix.

BELLONE & LA DISCORDE enſemble.

Comment puis-je vous ſatisfaire,
Nous ne nous ſeparons jamais.

MERCURE.

Jupiter qui me guide,
Ne veut pas vous troubler par une paix ſolide :
Mais ſeulement
Pour un moment
Faites entre vous une Treve,
Et mon Ambaſſade s'acheve.

BELLONE & LA DISCORDE enſemble.

Qu'on ne nous parle point de Treve, ni de Paix,
Nous ne nous ſeparons jamais.

MERCURE.

Songez-y bien , Bellone ,
C'eſt le Ciel qui l'ordonne.
Je ne condamne pas cette noble fierté ,
Qui ne vous ſied pas moins qu'à Venus ſa beauté.
Mais penſez-y , Bellone ,
Lorſque le Ciel ordonne ,
C'eſt vainement
Que l'on s'oppoſe à ſon commandement.

LA DISCORDE en ſe retirant.

Si voſtre ſonge eſt un Augure ,
Contre le Ciel vous devez proteſter ,
Et la gloire de conteſter
Vous convient mieux qu'à toute la Nature.

MERCURE. BELLONE.

Bellone , pour demain
Un Dieu vous demande la main.

BELLONE.

L'injuſtice eſt extrême :
Le Ciel pretend ſans moi diſpoſer de moi-meſme.

MERCURE.

Dans le Temple de Mars les Dieux ont rendez-vous,
C'eſt là que dés demain vous aurez un Epoux.

BELLONE.

Dépit, Rage, Fureur, venez d'intelligence
En ce beſoin preſſant contenter ma vengeance,
Voyons encore un coup, Monts ſur Monts entaſſez;
Secondez-moi, Geans.

MERCURE.

Ils ſont tous terraſſez.
Si vous voûliez m'entendre,
Vous calmeriez ces menaçans regars,
L'Epoux qu'on vous deſtine eſt Mars.

BELLONE.

Le Ciel le veut, il faut ſe rendre.

JUNON dans le Palais de Bellone.

Moi, qui preſide aux mariages,
Femme & ſœur du Maiſtre des Dieux,
J'ai déja vû que ſous les Cieux
Une foible lueur a rougi les nuages,
J'ai vû preſque finir la courſe de l'Aurore,
Et je ne trouve pas encore

Que rien soit ici medité
Pour la grande solemnité ;
Dans son Palais j'ai crû trouver Bellone.

JUNON. BELLONE.
Confidente de Junon. Confidente de Bellone.

BELLONE.

Je sens à vostre voix que tout mon sang bouïllonne,
Dans un couroux naissant venez-vous m'engager ?
Ordonnez, c'est l'endroit où je suis plus sensible,
Si vous m'abandonnez le soin de vous venger,
Je ferai l'impossible.

JUNON.

Ces transports violens ne sont pas de saison ;
Bannissez la fureur, écoutez la raison,
Quand au Temple de Mars vos nopces on prepare,
En ce temps de plaisir vouloir vous courouçer,
C'est une démarche barbare,
Qui ne sied pas pour commencer.
La coûtume a pû vous instruire
Que c'est moi qui vous dois conduire,
Bellone, allons-y de ce pas.
Le temps nous presse, allons, & ne le perdons pas.
Que personne ne suive.
Vous voulez bien qu'ici cette Loi je prescrive :
On nous attend.

A iiij

Confidente de Junon.

Un Berger volage
N'est jamais content :
S'il a l'avantage
De plaire en aimant,
Il croit au mesme moment
Qu'ailleurs on s'engage
Agreablement.
Un Berger volage
N'est jamais content,
Heureux celui qui par son mariage
Fixe son cœur, & qui devient constant.

Confidente de Bellone.

Une ardeur legere
Devient un transport,
Quand une Bergere
Y répond d'abord ;
Et si le bonheur du sort
Veut qu'on persevere,
On aime plus fort ;
Une ardeur legere
Devient un transport.
Mais quand Tircis épouse sa Bergere,
C'est un amour qui fait naufrage au port.

On ouvre le Temple de Mars.

MARS.

Pour celebrer cet Hymenée,
Où je vas engager ma foi,
Je pretends voir une journée
Digne de Bellone & de moi.
Que l'air fremissant ne resonne
Que des terribles noms de Mars & de Bellone ;
Que le sang des mortels rougisse les ruisseaux,
Qu'il en fasse élever les eaux ,
Que les guerets par tout soient des champs de batailles ;
Où cherchent les Heros d'illustres funerailles ,
Et que .... Junon paroist , elle amene ma sœur ,
Feignons pour l'écouter un moment de douceur.

JUNON. MARS. BELLONE.

JUNON.

Vous , sans qui le plus grand courage
Est languissant dans les combats ,
Et qui ne fustes jamais las
De répandre par tout l'horreur & le carnage ;
Je ne viens pas vous proposer
Un Hymen qui puisse causer

Ni chagrin, ni couroux à voſtre humeur altiere;
Si Mars eſt fier, Bellone eſt fiere,
Et je ne pretends pas faire de ce grand jour
Un triomphe à l'Amour.
Je ſçai qu'une molle tendreſſe,
Vous bleſſe.
Vous donc qui combattez ſous meſmes étendars,
Ecoutez par ma voix ce que le Ciel ordonne :
Il veut qu'en ce Temple je donne
Mars à Bellone,
Qu'à Bellone je donne Mars.
Le don que je viens de vous faire
N'a rien qui puiſſe vous déplaire.
Il convient à tous deux.
J'ai terminé mon miniſtere
Et je reprends mon vol aux Cieux,
Vous allez recevoir d'autres preſens des Dieux.

LE SOLEIL. MARS. BELLONE.

LE SOLEIL.

Quelques brillans de ma lumiere
A peine eſtoient ſortis,
De l'humide ſein de Thetis,
Et je commençois ma carriere,
Quand j'ai fait élever une épaiſſe vapeur,
Qui ſembloit rappeller la nuit la plus obſcure,

Le voiage du Roi au commencement de la campagne.

semant en tous lieux les ombres & la peur
Menacer toute la Nature.
Les Vents s'entrechoquoient, & leur frequent assaut
Animoit de fureur le Froid contre le Chaud.
L'Orage, les Carreaux, la Foudre & la Tempeste
S'efforçoient à l'envi d'illustrer vostre Feste.
Ces funestes apprests
Ne sont qu'un foible gage;
Et le présage
Des furieux combats qui vont suivre de prés.
J'ai selon vos desirs disposé la matiere,
C'est assez, je reprends le soin de ma carriere.

JUPITER. MARS. BELLONE.

JUPITER.

Je ne puis assez estimer
La favorable destinée
Qui vous unit tous deux du nœud de l'Hymenée,
Et que je viens vous confirmer.
Le Souverain des Dieux, le plus grand des Monarque
Veut vous donner des marques
Qu'il entre dans vos sentimens.
On n'entendra par tout que le bruit du tonnerre,
L'Europe en va frémir, & ses frémissemens
Vont ébranler toute la terre.
Les Cyclopes n'ont point de part
A forger les Carreaux qui dans cette journée

Vont signaler vostre Hymenée ;
Car le Soleil plus sçavant en cet art
M'en fournit de plus forts, de qui la violence
Force, abbat, & détruit, malgré la résistance.
De Lorge, Luxembourg, Tourville & Catinat
S'en serviront avec éclat.
J'appuirai leurs desseins de succés & de gloire ;
Et je rendrai ces Generaux
De si fameux Heros,
Que l'on n'en a point vû de pareils dans l'Histoire :
Encore un peu de temps,
Et vous serez tous deux contens.

Les Cyclopes. MARS. BELLONE.

Les Cyclopes.

A vos Divinitez nostre Troupe connuë
Par l'ordre de Vulcain devance sa venuë.
Battons le fer pendant qu'il est chaud,
Toute l'Europe est sous les armes,
Et l'on ne trouve plus de charmes
Que dans les perils d'un assaut.
On ne donna jamais de si rudes allarmes,
Et jamais la valeur ne s'éleva si haut.
Battons le fer pendant qu'il est chaud.

VULCAIN. MARS. BELLONE.
VULCAIN.

Mars redoutable, & vous, courageuse Bellone,
Agreez,
Que pour present de nopce je vous donne
Ces Clefs,
C'est un des plus parfaits ouvrages de ma forge ;
De Lorge,
Qui vient de s'en servir, trouve l'hui d'Hildelbert
Ouvert.
Pour m'en feliciter la ville est en partie
Rostie :
Pour Hui l'on en a fait comme pour Charleroi
L'emploi.
Ces clefs ouvrent toutes les portes,
Pourvû que l'on ait les mains fortes :
Car les plus grands efforts sont vains,
Quand on n'a pas de fortes mains.
Nouvellement à Pignerolles
Ces deux clefs ont esté frivoles.
De grosses, mais peu fortes mains
En ont fait des essais, & ces essais sont vains.

MARS.

Rien n'est mieux fabriqué, rien n'est plus agreable;
Mes mains y trouveront leur effet admirable;
C'est un present conforme à mon desir.

BELLONE.

Vous nous faites un vrai plaisir.

FLORE. MARS. BELLONE.

FLORE.

En memoire de voftre Fefte

On vient de faire une conquefte,

Qui me paroift avoir beaucoup d'appas,

Et qui ne vous déplaira pas.

De rofe fans épine, & de mer fans orage,

De belle fans amant, de fleuve fansrivage

On n'en a jamais vû : de printemps fans muguet,

De guerre fans débris, d'Arfenal fans boulet,

Ni d'Epoufe qui n'ait

Lors de fon mariage

A fa tefte un bouquet

De Rofe.

Noailles me rendant hommage

Par un agreable meffage

Vient de m'envoier un paquet

De Rofe.

J'ai pû de mille fleurs faire un bel affemblage,

Qui de mon amitié vous ferviroit de gage :

D'abord ce deffein me plaifoit :

Un tel bouquet n'eft pas d'ufage :

Pour voftre nopce il fuffira qu'il foit

De Rofe.

BELLONE.

Qu'auprés de vous le doux Zephire
Incessamment soupire,
Que puissiez-vous habiter des climats,
Où ne tombent jamais ni neige ni frimats ;
Que le Ciel n'ait pour vous qu'une douce influence.
Recevez ces souhaits de ma reconnoissance.

HERCULES. MARS. BELLONE.

HERCULES.

Une grande nouvelle, un combat furieux
Où vos François sont les victorieux.
Le Statouder perfide, & le fougueux Baviere
S'estoient ensevelis au fond d'une tanniere,
Pretendant y passer cette campagne entiere,
Et là jusqu'aux dents retranchez,
De vaincre peu touchez.
Vivre cachez :
Mais sans trompette, & sans timbale,
Et mesme sans tambour,
Le brave Luxembourg
Que nul mortel n'égale,
Marche à grands pas
A la teste de ses Soldats.
L'ennemi, lorsque l'on n'a pu surprendre

Redouble ſes foſſez , travaille à ſe défendre :
Quatre-vingt canons bien poſtez ,
Et le terrain muni de tous côſtez
Semblent former un camp inacceſſible ;
Mais aux François il n'eſt rien d'impoſſible.
On trouve le defaut , on entre dans le camp ,
Le canon tire , il tuë , on bat , on ſe défend ,
On voit voler des pieds , des bras , & des cervelles ,
La machoire de l'un , de l'autre les prunelles ;
L'un voyant ſon ami couché parmi les morts
Aborde l'attaquant & lui perce le corps ,
Et dans le mouvement d'une fureur outrée ,
Comme un foudre éclatant fait briller ſon épée.
Les Retranchez cedent la place ;
Mais un frais Bataillon ſurvient avec audace ;
Le combat renouvelle , & les Victorieux
Las de l'effort prodigieux
Que ce premier choc a fait faire ;
Pour un moment ſe tirent en arriere ;
Au meſme inſtant les Retranchez
Du camp qu'ils ont repris ſont vivement chaſſez ;
Revient des Retranchez une Troupe nouvelle ;
Alors la victoire chancelle ;
Les Vainqueurs paroiſſent vaincus ,
Ils ſont pouſſez , ils ſont battus.
Pour terminer l'effroi de ces Troupes fuyardes ,

Luxembourg

Luxembourg qui voit tout, y fait paſſer les Gardes.
C'eſt alors que j'ai vû dans de larges ſillons
Le ſang des Combatans couler à gros bouïllons.
Plus on voit l'ennemi redoubler ſon courage,
Plus on eſt animé de colere & de rage.
C'eſt alors que j'ai vû combatre la Fureur,
   Autant que la valeur.
On fait de tous côtez des efforts incroiables,
Tout l'air ne retentit que de cris effroiables,
Tel pouſſe ſon épée en un flanc ennemi,
Qui tombe, que l'on foule, & n'eſt mort qu'à demi.
Du pur ſang des Bourbons une teſte ſacrée
N'eſt pas dans ce combat impunément frapée;
Car le brave aſſaillant percé par tout ſon corps
Tombe auſſi-tôt couché parmi vingt mille morts.
Les Gardes fierement s'emparent de la place,
Trois fois l'Anglois revient, & trois fois on l'en chaſſe,
Tant que les Retranchez ſe tenans bien battus,
Pour diſputer le camp ne ſe preſentent plus.
Harcour au bord de Geth couronnant la victoire,
De ſon heureux ſuccés remporte peu de gloire :
Car il n'a combatu que des gens effrayez,
Qui ſe voulans ſauver ſont preſque tous noyez.
Le Geryon détruit & le Porc d'Erimante
N'ont rien de comparable au combat que je vante.
Tous ces canons gagnez avec cent étendars,

Vont estre des presens pour les nopces de Mars.

MARS.

En faits prodigieux qui se rend admirable,
Fait d'un cruel combat un récit agreable.

NEPTUNE. MARS. BELLONE.
NEPTUNE.

J'ai crû dans mon Empire illustrer vostre Hymen
Par un succés égal au combat de Leeven.
Les Etats de Hollande, & l'Etat d'Angleterre
Avoient fait des apprests pour une grosse guerre.
La Mer estoit couverte, & mes terribles eaux
Plioient moins sous le vent, que du poids des vaisseaux.
Il paroissoit autant de voiles
Qu'en une belle nuit on découvre d'étoiles.
On n'esperoit pas moins de ce nombre infini,
Pour brave que fut l'ennemi,
D'en remporter l'honneur par sa défaite entiere ;
Mais la fin du projet a fait voir le contraire.
Deux cens vaisseaux marchands tres-richement chargez,
sous la main des François se trouvent engagez,
Et l'Amiral par qui la flotte estoit conduite,
Dés qu'il voit l'ennemi s'abandonne à la fuite.
Alors figurez-vous
Un troupeau de moutons à la merci des loups,

Semblable est le destin de la Flotte marchande.

J'y vois maints Assaillans, & rien qui la défende.

Au milieu de tant d'ennemis

Des vaisseaux sont brûlez, quelques autres sont pris ;

Ceux-ci ne sçavent plus qu'elle route il faut prendre,

Tous songent à s'enfuir, & nul à se défendre.

Par des coups de canon les uns sautent en l'air,

D'autres sont abîmez dans le fond de la mer.

Les uns vont à dessein échouër à la coste :

Mais ce foible recours un Poursuivant leur oste.

Il y porte la flamme, il est sourd à ses cris,

Tant qu'il ne reste rien de son fatal débris.

La perte est estimée

Au moins de trente millions :

On espere dans peu de la voir réparée

Par le retour des Galions,

Et l'on croit des Marchands les pertes bien vangées,

Par des toits ébranlez, & des vitres cassées.

Pour present vous aurez les vaisseaux qu'on a pris,

Où sont assurément marchandises de prix.

MARS.

Dans ce present je vois la dépouille d'un lâche,

Et c'est ce qui m'en fâche :

Mais je vas l'estimer comme un present divin,

Puisqu'il me vient de vostre main.

PLUTON. MARS. BELLONE,
PLUTON.

J'ai passé l'Acheron, le Styx, & le Cocyte,
Et de l'heureux manoir des Champs Elyſiens
En ce Temple je viens,
Où la ſolemnité de vos nopces m'invite.
J'ai de quoi prolonger un cruel armement,
J'apporte des enfers un Ecrit d'importance,
Il eſt d'une triple Alliance
Le renouvellement.
C'eſt là que vous verrez l'Union de la Rage
Avec la Perfidie & la Rebellion.
A l'une la Vengeance anime le courage,
A l'autre c'eſt l'Ambition.
Par la troiſiéme enfin ſous une fauſſe image,
La Liberté paroiſt & la Religion ;
La Rage ſans ſuccés étale ſes deux bras,

Le ſiege de
Bellegrade.

De l'un elle entreprend & ne réüſſit pas,
De l'autre elle eſt trop foible, & bien loin d'entreprendre,
On la pille, on la brûle, & ne peut s'en défendre.
La Perfidie inſpire au cœur ambitieux
D'élever ſes forfaits juſqu'au troſne des Dieux,
Et ne le quitte point qu'impie il ne conjure
Contre toutes les Loix, & contre la Nature,
Pour la Rebellion, qui ſe promet toûjours

Qu'elle doit en changeant trouver de plus beaux jours,
C'est un Monstre cruel, dont la fureur extrême
Se déchire le flanc, se devore soi-même,
Et loin de rencontrer du remede à ses maux,
Le Tiran qu'elle appelle en cause de nouveaux.
Pour honorer chez vous la Feste nuptiale,
Acceptez ce present de ma Cour infernale.

MARS.

Pour ma reconnoissance aujourd'huy sur vos bords
Vous aurez de ma part quarante mille morts.

PALLAS. MARS. BELLONE.

PALLAS.

Du Chef de Jupiter quand je sortis armée,
Vous en fûtes ravi, Bellone en fut charmée,
Et cet heureux succés de ma nativité
Etablit entre nous de la conformité.
Les mouvemens guerriers forment nostre partage,
Mêmes intentions, même soin nous engage :
Vous donc qui prenez part dans les exploits fameux,
Ecoutez un combat qui répond à vos vœux.
Deux puissans ennemis avec impatience
Cherchoient également à se mettre en presence.
         Je n'eus jamais tant de plaisir,
Que de voir en tous deux ce genereux desir.

Dans ce commencement nul sujet de reproche,
Le Duc avance un pas, le Maréchal s'approche.
Le Duc, ce Prince souverain,
D'un aspect general reconnoist le terrain ;
Il place là le Corps d'armée,
Ici l'Aîle gauche est rangée,
Et la droite est si bien postée,
Qu'à faire mieux on tâcheroit en vain.
Le Maréchal de son costé
Employe les ressorts de son experience,
Et ne relâche rien de cette vigilance,
Qui veut voir par ses yeux comme tout est posté.
En cet endroit je ne devrois pas taire

Messieurs de Vendosme.

La sagesse d'un Prince appuyé de son frere,
Comme ils prirent d'abord un poste avantageux,
Ni pendant le combat ce qu'ils firent tous deux.
On donne le signal, & la vigueur Françoise
Fond sur son ennemi dans l'endroit le plus fort,
Et fait en abordant un si terrible effort,
Qu'il étonne & qu'il rompt la Troupe Piémontoise.
Ils fuyent, & les uns sur d'autres renversez,
Tombent plus de la peur que pour estre blessez ;
Les François se font jour transportez de colere,
De voir tant d'ennemis, & pas un adversaire.
Tout fuit, & les Soldats & les Officiers.
On enfonce les rangs, on vient aux Cuirassiers

C'est ici qu'il s'agit d'employer sa bravoure,

On n'en pousse pas un, qu'un autre ne secoure.

On tâche d'avancer, on presse, l'on soûtient;

Là chacun dans son rang bravement se maintient.

On attaque, on défend: dans cette résistance

Le François animé fait preuve de vaillance.

Tant que des Cuirassiers il n'en reste pas un,

Et c'est pour vos Autels un excellent parfum.

Les François sont fougueux d'une fougue qui dure,

La victoire complete est sa juste mesure.

Ils ne sont pas contens, ils poussent plus avant,

Là se trouve une haye, où des Troupes cachées,

S'estoient en peu de temps fortement retranchées,

  Et par derriere & par devant.

Il faut là des canons essuyer la décharge,

Il faut faire à la haye une breche tres-large.

  Alors nos demi-Dieux

Animent les Soldats d'un ton victorieux,

S'exposent aux perils avec un tel courage,

Qu'il n'est point de Soldat que l'exemple n'engage:

En cette occasion j'aurois vû le premier

Percé de quatre coups, si lors pour sa défense

  Mon invisible bouclier

  N'en eût borné la violence.

  Il faisoit beau voir le second

  Malgré la rage du canon,

Messieurs de Vendosme.

B iiij

Pousser sur l'ennemi d'une ardeur temeraire,
Il sçait si bien se signaler,
Que rien ne le peut égaler,
Que le courage de son frere :
Sa cuisse fut percée, & plus son sang couloit,
Plus il parut que bien loin de l'abbatre,
Sa force redoubloit,
Tant qu'il ne trouva plus d'ennemis à combatre.
Les Allemans, les Piémontois,
Les Espagnols, les Milanois,
Ou morts, ou fugitifs, sont par leur décadence
D'infaillibles témoins de ce qu'en un combat
Peut la valeur & la prudence
Du victorieux Catinat.
Sur ce champ de bataille
De la Marsaille
Il reste pour armer seize mille Soldats,
J'ai cru que ce present ne vous déplairoit pas.

BELLONE.

D'une si bonne part rien ne peut nous déplaire,
De vous & de soi-mesme il doit nous satisfaire.

LA VICTOIRE. MARS. BELLONE.

LA VICTOIRE.

C'est par moi que les Rois brillent sous la Couronne,
Par mes seules faveurs leur Sceptre est embelli,

Et les Princes que j'abandonne,
Meritent dans l'Histoire un éternel oubli.
Dans le Ciel c'est par moi que Jupiter domine,
Sans moi sous les Titans il auroit succombé,
Et son trône seroit tombé,
Màlgré sa celeste origine.
Par moi LOUIS le Grand, ce Prince genereux,
Pour signaler vostre Hymenée
Par de puissans Exploits a fait d'un jour affreux
La plus éclatante journée :
Jamais tant de succés contre tant d'ennemis,
Ni tant d'heureuses entreprises ;
Tant de combats gagnez, tant de villes conquises,
Jamais tant d'Etendars, ni tant de canons pris.
Ce glorieux Monarque a fixé dans la France
Mon plus agreable séjour,
Et je ne puis trouver de Cour
Plus digne de ma préference :
C'est en faveur de ce fameux Guerrier,
Dont j'estime tant la vaillance,
Que je viens de former une étroite alliance
Entre le Lis, la Palme, & le Laurier.
Rien plus blanc que le Lis, son odeur est plus forte,
Que n'est l'odeur des autres fleurs,
~~Mais de luy~~ *de Louis* sa candeur & sa valeur l'emporte
Sur ce qu'on dit des plus grands cœurs.

La Palme eſt du Vainqueur la plus illuſtre marqu

Elle ſeule ſuffit pour le récompenſer,

Je la donne à LOUIS ce glorieux Monarque,

Et je ne puis m'en diſpenſer.

De Laurier toûjours vert je couvrirai ſa teſte,

Je couronnerai ſes projets,

Sous ce puiſſant abri ni foudre ni tempeſte

Ne deſoleront ſes Sujets.

Ce Bouquet eſt le don que je prétends vous faire,

Moi qui puis me flater du bonheur de vous plair

MARS.

Les Dieux ſont venus tour à tour

Nous faire des preſens qui nous comblent de gloire

Mais nul ne marque mieux la beauté de ce jour,

Que le preſent de la Victoire.

F I N.